T0368465

TEARS OF APA'ULA
Loimata o Apa'ula

Written By
Pemerika L. Tauiliili

Illustrated by
Patric Mafo'e

AuthorHouse™
1663 Liberty Drive
Bloomington, IN 47403
www.authorhouse.com
Phone: 1 (800) 839-8640

Published by AuthorHouse 07/30/2015

ISBN: 978-1-5049-2049-0 (sc)
ISBN: 978-1-5049-2050-6 (e)

Library of Congress Control Number: 2015910596

Print information available on the last page.

Contents

TEARS OF APA'ULA
Loimata o Apa'ula

Introduction

The story of Apa'ula and Vaea is well known throughout Samoa. In Samoa, there are a number of versions of this legend. Historical references to it that exist today in the islands include proverbs and historical landmarks that mention characters, important events and places from the story.

This version of the story is the author's unique adaptation, however at the end of the book are author's notes that reference older versions of the story that exist in the islands today.

Tears of Apa'ula

A very long time ago in Samoa, there lived two very special people. Their names were Vaea and Apa'ula. The story of the love shared by Vaea and Apa'ula is one of the most tragic, yet beautiful love stories ever told.

Vaea was a mighty warrior in the Islands of Samoa. Colossal in size as well as strength, news of Vaea's mighty power spread far and wide, even to other islands in the South Pacific such as Tonga, Niue, Tahiti, and Fiji.

The Tuifiti or the King of Fiji wanted to test Vaea's strength in battle. Tuifiti and a fierce war party made up of four of his sons set out on a very long warring canoe to Samoa. Tuifiti's four sons were Aloivaafulu,Tauaputuputu, Aioufitunu and Tauatigiulu. Tuifiti did not realize that his daughter Apa'ula who yearned to travel to faraway islands, lay hidden in their war canoe.

After a long journey, Tuifiti and his sons finally reached Apia, the capital of Samoa. They decided to rest and prepare to attack Vaea the next morning.

Vaea's mother went fishing that night and saw a large canoe in the water, and immediately informed Vaea. "There is a large war ship in the harbor, and the people from it speak an unfamiliar language…they seem to be looking for trouble," she told Vaea.

So that night while the Tuifiti and his warriors rested near the Apia shore, Vaea prepared to use his strength to defeat his likely opponents.

Mighty Vaea toying with the Fijians

With his powerful strength, Vaea picked up the Fijian canoe with all the Fijians onboard, and balanced it high upon the top of a large banyan tree in the center of Apia. The sleeping passengers were unaware of what was happening. It was quite a feat for Vaea to lift up the canoe with the crew still asleep and balance it on the huge and tall tree without them knowing.

Before dawn, Aloiva'afulu woke up and ordered his brother Tauatigiulu to bail the water out of the boat as they prepared to battle Vaea. Tauatigiulu heard a very strange sound when he bailed the water from the boat, instead of water splashing into the ocean; he heard it splash onto what seemed to be tree branches.

He immediately called out to everyone and to their surprise they found themselves on top of a very tall tree. Imagine the fear that they all felt at that moment not knowing how they had gotten to the top of the large banyan tree, or how they were going to escape. Jumping would tilt the canoe and that would be fatal for everyone.

The brothers started to blame one another for their unfortunate situation. "If you had stayed awake and stood watch like you were told to, none of this would have happened!" Aloivaafulu shouted to his younger brother Tauatigiulu.

It was at this moment that Apa'ula came out of hiding. Her brothers, having very little patience with her, started to argue, with each other even more. Each one blaming the other one about letting Apa'ula on board.

"Be quiet and listen," demanded Tuifiti, "I hear someone coming." Soon Vaea was at the foot of the tree.

"What do you want?" asked Vaea with a deep rumbling voice that shook the tree.

As Vaea spoke, the Fijians risked looking down and gawked at the Samoan giant glowering back at them. They never imagined that Vaea would be so powerful or so huge. They soon realized their folly at thinking they could fight with the Samoan warrior and started to tremble with fear.

"Please be merciful your highness," implored the now fearful Tuifiti.

"I am not a king, I am a warrior!" Vaea replied. "If you want to fight me, I will fight and kill all of you today," Vaea continued.

Fijian crew tried to balance themselves on a tree

Tuifiti realized that he would have to find a way to save himself and his sons. In desperation, he said, "I beg your pardon Vaea but please let us live."

"Vaea if you let us live, we will return to Fiji right away and not trouble you anymore."

Tuifiti came to a decision about what he was going to do to keep his family alive. He was willing to give up his daughter to save himself and his sons. In desperation he shouted to Vaea, "I will give you my beautiful daughter Apa'ula as ransom for our freedom."

Appalled at her father's callous treatment of her, Apa'ula silently shed tears that she kept hidden from her family. However, she was a courageous young lady and gave in to her father's wishes, determined that somehow she would find a way to escape and be free.

Vaea carefully lowered the canoe with everyone on it. Vaea took one look at Apa'ula and found that even with the look of sadness on her face, he was immediately drawn to the beautiful Fijian maiden. Vaea agreed to the arrangement and released the Fijians to return to their home. Vaea married Apa'ula and amazingly it was love at first sight for him.

Before the Fijians set sail for Fiji, Tuifiti feigning kindness, had one request of his daughter. He told Apa'ula that if she ever had a baby that she must come and give birth to the child in Fiji.

The beautiful daughter of Tuifiti, Apa'ula.

It was hard to know if Tuifiti's request was genuine. Did he really want to see his grandchild, or to have his daughter Apa'ula back home or was something else on his mind? Tuifiti had so easily given Apa'ula up to Vaea, yet he pretended to want to have her come home to have her child. Something was not right.

Vaea took Apa'ula to his home but she was not too comfortable being suddenly in the company of this giant of a man. She thought it would only be a way to save her family, but she would escape at the first opportunity.

That opportunity never came because Vaea showed Apa'ula his tenderness and loving kindness.

Slowly her love for him grew, as if she had been destined for him. Vaea's home was on a hill above the Apia harbor. The panoramic view of the ocean surrounded by rolling hills was breathtaking. Vaea enjoyed sharing the natural beauty of his home with Apa'ula.

One day, he pointed out to Apa'ula the harbor area in Apia where he had lifted her father's canoe and put it on top of a banyan tree.

"There is the Apia harbor where your father's boat was anchored," explained Vaea.

"Oh please, can we talk about something else," complained Apa'ula.

"I am sorry… I forgot, you were on that boat," said Vaea.

Vaea spent a lot of time fishing and hunting. Hunting for wild boar and snaring pigeons were his favorite sports.

He would point out the diverse birdlife and interesting sights around the countryside to Apa'ula. "Over there, are *lupe* (pigeons). From here you can see one of the star mounds that I use to snare the lupe. These birds are very good eating!" explained Vaea.

"There, close to those trees, you can see the *segavao* (blue crowned lorikeet), the *fuia* (starling)… and closer to shrubs, there's a little *segasegamau'u* (cardinal honeyeater). Nesting up in those trees is a *taulaga pe'a* (colony of bats). I am sure you have the same kinds of animals in Fiji?" asked Vaea.

"Yes, we have many of the same kinds of birds in Fiji," responded Apa'ula.

Vaea feels comfortable with Apa'ula's embrace

For Apa'ula, Vaea was so strong and unyielding much like the hills and cliffs so close to the clouds upon which his home was built. Apa'ula took to calling him *my earth and sky*. Vaea who had always been feared and treated as an outsider, did not realize how dark his solitary existence had been. Apa'ula gave him more than just physical strength but a power as deep as the ocean and high as the sky to endure any challenge. He affectionately called, Apa'ula the *sun of my life*.

After many months, Apa'ula realized she was expecting. She was hesitant, however, to tell Vaea. She waited patiently for the right time to tell him: when he was comfortable after a satisfying meal. Apa'ula was hopeful that she could tell Vaea about her father's request at the same time.

Overwhelmed by Apa'ula's announcement, Vaea was quiet for a long time. He finally spoke and Apa'ula could hear the strong emotion in his voice as he said, "A child, we are going to have a son or daughter! When did you find out?"

"I have been expecting for three months now," Apa'ula answered.

Now curious, Vaea asked, "Why have you waited so long to tell me?"

Hesitating briefly before responding, Apa'ula said, "Because I have something to ask you and I was afraid you would not like it."

Unable to suppress the wonder and joy in his voice, Vaea said "*Sun of my life*, don't be afraid, tell me what is on your mind."

"Before my father went back to Fiji, he wished that my first child be born there," Apa'ula softly explained to Vaea.

Vaea loved Apa'ula very much and wanted to try and do anything she asked, but her request weighed heavy on his heart. "Apa'ula, it is a hard thing you're asking. How can I let you go to your country so far away?" asked Vaea.

Apa'ula unhappily yet tenderly responded, "Okay let's not talk about that now, my *earth and sky*, I don't want you to be upset." A long silence stretched out between them.

Apa'ula was first to break the silence, as she asked "As our child grows up, I can imagine you teaching him or her all about the land and life here around our home."

"I can see my son running around these hills like a mighty hunter," Vaea could not hide the pride in his voice.

"I am as excited as you are and I am so glad that you are going to have a son, but how do you know he is going to be a boy?" asked Apa'ula.

"He just has to be a boy you wait and see, he is going to be like his dad!"

"Yes, yes he will be a boy!" interrupted Apaaula.

"What will his name be?" asked Apa'ula.

"Whatever name we choose, it will reflect the courage and strength of a mighty warrior," said Vaea.

"I am sure he will be as handsome, tall and as strong as his father," Apa'ula said proudly.

The subject of going to Fiji was not discussed for some time, but Apa'ula had been raised to be obedient and so honoring her father's wish was paramount on her mind.

So one day when she thought the time was right, she tenderly said to Vaea, "My *earth and sky* do you remember my father's request? Can you reconsider letting me go? It will only be for a short period of time," she explained.

"That subject again, it's not as easy as you're making it out to be," said Vaea.

"It will be alright, my father and family will take good care of me and the baby, and before you know it, we will be back home in Samoa," Apa'ula assured her husband.

After some consideration, with resignation and sadness in his voice Vaea responded, "*Sun of my life*, you have to come back right away as soon as the baby is strong enough to travel. You. Must. Promise. Me." said Vaea.

"Yes I give you my word," Apa'ula answered sincerely.

In ancient times, there were no telephones or internet however the supernatural wireless was very efficient. In Samoa it's called *ualesi moso'oi* or the *moso'oi* wireless. Often a monarch or high ranking person in the islands, had advisors with special powers such as visions of things happening in faraway places as well as events yet to occur at a future time. Tuifiti had advisors with such powers. He knew in advance the time when Apa'ula would come to give birth in Fiji.

Before Apa'ula could pack her belongings, a canoe from Fiji arrived with her brothers on board to take her from Vaea. The Fijians still thought of Vaea as a forceful foe that they would one day defeat.

Vaea's parting words or *mavaega* to Apa'ula were pointed and significant. Even, today in Samoa, Vaea's words have become a proverb familiar to many islanders.

> "I will let you go as you wish, but if the ocean waves appear as white as *pua* blossom then I know you're sending me good news but if the waves appear blood red then I know that you have met with tragedy."
>
> Samoan: *"Sau ia ina alu ae ou tali atu. Afai ou te vaai atu e fati sisina peau ala, ona ou iloa lea o loo momoli mai ou alofa'aga, ae a toto peau ala, o 'au ou te tali i ou puapuaga."*

To this day in Samoa, the *mavaega* or parting is culturally significant. Such leave-takings include parting words between very close friends, between lovers, and the final farewell from someone on his deathbed. The weight of these words is that they are considered to be blessings. They are words of wisdom to guide those that remain as the two parties are separated from each other. It is believed that what is said during *mavaega* is so powerful that if not adhered to, it brings about bad luck or misfortune.

Apa'ula promised a quick return to Vaea, however she came "*ua tatua*" or too late. Bad things happened as a result.

Vaea at Savalalo waving farewell to Apa'ula

Apa'ula left with her brothers, not realizing that her father and all her family wanted nothing more than to get rid of anything that would remind them of Vaea.

The day Apa'ula and the Fijian traveling party departed, Vaea stood at the edge of the Apia peninsula close to an area called Savalalo and waved to his beloved wife and unborn child. His final words were: "Name him *Tuisavalalo* as a reminder of where we last saw each other."

Vaea told the Fijians, "I am going to watch you from shore until you disappear from the horizon. I leave my most beloved family in your care, and you had better take good care of them if you value your lives."

It was a long treacherous journey, however Apa'ula gave birth in Fiji to a very handsome, strong baby boy who was in every way a mirror image of his father Vaea. Apa'ula honored her husband's parting words and named her son Tuisavalalo or *rising at Savalalo.*

Tuisavalalo was born with a strong connection to the ocean. It could have been due to the long journey from Samoa to Fiji before his birth. Nevertheless, as he grew, his favorite pastime was to surf the waves at the beaches close to his grandfather's home. Tuisavalalo was able to speak to the dolphins, sea turtles and other sea animals that he spent time with. They protected Tuisavalalo and nurtured him as he matured into a strong and lean boy who was more at home in the sea than on land.

Not to be underestimated, Tuisavalalo grew to be a fearless and powerful young warrior, both on land and at sea. He overpowered all his peers in sporting competitions and not even the most skilled Fijian youth could beat him at surfing, and the wrestling and fighting matches held to groom young Fijian warriors.

However, seemingly unaware of his strength and remarkable power, Tuisavalalo injured and maimed his adversaries and lashed out at angry parents and guardians who tried to protect their children.

Apa'ula's brothers became watchful and wary of Tuisavalalo. As his actions reflected those of his father, Vaea, his uncles grew fearful and suspicious of what he could become. Apa'ula sensed the animosity towards her son and realized that harm could come him. Not just because of his growing strength and power but also because of the resentment that her Fijian family still felt for his father, Vaea.

Tuisavalalo's uncles planned to rid themselves of the boy. Apa'ula's brothers and family long practiced cannibalism and they threatened Apa'ula that Tuisavalalo would be killed and served to them as their next meal if he did not change his ways.

Apa'ula grew very afraid for her son. She immediately went to find him at his beloved surfing spot to warn him of her brothers' threat. In tears as she searched the whitecaps towards the horizon, Apa'ula's uttered these words:

"Tuisavalalo leave the waves

The waves that do not break

If a wave breaks and the waters are white

Then I believe you are loved and will survive

But if it happens that a wave breaks blood red

Then I believe that you are lost to me"

Tuisavalalo heard his mother's lament and he immediately understood the warning in her words. Still young and full of life, he could not rid himself of a desire to survive. He knew that Apa'ula's brothers would spare her but for him, Apa'ula's family would hunt him until his death. Uneasy for the first time in his young life, Tuisavalalo responded:

"Ah now the moon is full

She shines over Vaitele

Over Taufa'apu'e and Magele

Over Vaiafe'ai and Mutiatele

Apa'ula spare me and let yourself be captured by your people

And I, the stranger in this land would like to stay alive"

Tuisavalalo came to his mother as she waited for him on the beach. Apa'ula stared into his anxious face and said, "The only solution is to escape but where can we hide from my angry and vicious family?"

They decided that the safest place to hide was at the eastern tip of the island. Under the cover of night, Apa'ula and Tuisavalalo were able to escape unharmed. As daylight could be seen in the distant horizon, Apa'ula found a crevice in the cliffs near the beach. As they made their way into the crevice it led them to the mouth of a cave just large enough for the both of them to hide.

However, within a few hours, Tuisavalao could hear the shouts and the heavy footsteps of many warriors near the mouth of the cave. His grandfather Tuifiti and uncles made their way ahead of the other Fijian soldiers into the cave and grabbed Tuisavalao. It took six of them to restrain Tuisavalao and to lead him away from his mother who was beside herself as she begged her father and brothers to release her son.

Tuifiti and his sons showed no mercy as they dragged a struggling Tuisavalalo along the jagged volcanic rocks that lined the cave and onto the beach. They took Tuisavalalo back to the village to await his punishment. Apa'ula was imprisoned in the cave guarded by a handful of warriors.

Determined to escape and try and save her son, Apa'ula found a way to break out of the cave in the cover of night when her father's soldiers had been called away to fight a battle on the other side of the island.

However, it was too late to save Tuisavalalo. Apa'ula found her son's lifeless body wrapped in bark cloth in the village burial ground, close to the shore. Several canoes were anchored close by in preparation to take more warriors to battle. Unable to revive her son, Apa'ula tenderly wrapped him back in the burial bark-cloth with inhuman strength fueled by anger and despair she escaped with him in a canoe back to Samoa.

Apa'ula was determined to get back to Samoa, to grieve her son's death with her husband. In her anger she vowed revenge on her family for Tuisavalalo's death. The ocean waves bringing her home to Samoa, were blood red.

Meanwhile in Samoa, Vaea had been waiting impatiently for his family's return. The longer Vaea waited for Apa'ula and his son to return home, the more his edginess gave way to heartache and sorrow. Time seemed to stand still for Vaea as his longing to see his wife and son weighed heavily on his mind.

He asked himself, "Have they met with some misfortune?"

He began to blame himself for letting Apa'ula talk him into letting her leave home. "I should have never let them go in the first place."

In due course, during his vigils at the sea's edge while waiting for his family, he would sing this verse to himself.

> "I wish to see you coming sliding on the crests of the waves, I'll wait, I'll wait until you come back. Your place and home is far, but darling do remember me… I sleep at night and see you in my dreams."
>
> Samoan: *"Fiā va'ai atu e ua e sau fa'ase'ese'e mai I peāu out e fa'atali atu out e fa'atali se'I e sau. E mamao lou nu'u ma lou aiga la'u pele 'aua ne'I fa'agalo ita out e moe I le po out e moe miti I ou fōliga."*

In his sadness, his movements became sluggish and soon he could not move at all. His giant body hardened and started to turn to stone. By the time, crimson waves broke on the beach, warning of the tragedy that had befallen Apa'ula and her son, it was too late. Vaea could not move, his entire body had petrified with the exception of his head.

This is how Apa'ula found her Vaea. Her *earth and sky*. Vaea had become nothing more than a giant mountain. Inconsolable, Apa'ula sat on what had once been Vaea's shoulders and wept. She cried for the loss of her son, for the loss of her husband and for a true love and happiness taken away from her too soon.

Apa'ula on Vae's shoulders crying day and night

With the little life remaining in him, Vaea tried to console Apa'ula, but Apa'ula could not contain the tears that flowed from her like a great flowing stream. She felt helpless and powerless but deep inside she was determined that somewhere somehow there must be a way to retaliate against her father and brothers for taking so much away from her.

With what little strength he had remaining, Vaea whispered to Apa'ula: "Go to the Island of Savaii and find the village of Falealupo. Once there, search for my brother Va'atausili. He will help you. He will revenge your loss. Our loss. I do not have much longer to live. My brother will take care of you, he will love you as much as I have."

Vaea continued to do his best to console his wife. "As a comfort to you, I will remain here and your tears will forever flow at my feet as a constant reminder of our love for each other." Vaea sighed heavily as he said these words before he died.

After burying her son's body close to Vaea's, Apa'ula set sail for Savaii traveling to the coastal village of Falealupo. She searched for Vaea's brother, Va'atausili. She finally found a young man who was certainly not a warrior but a thin young man who was catching butterflies along the beach.

"Can you show me where I can find Va'atausili?" Apa'ula asked the boy. "I am Va'atausili," responded the boy.

Apa'ula looked at the boy and she sat down and wept even more, "Oh how can this weakly skinny and frail lad help me?"

"May I ask who wants Va'atausili?" asked the young man.

"I am Apa'ula, Vaea's wife," she answered.

"Wait here I will be right back with the person you are seeking," answered the young man.

The young man was actually Va'atausili. He was able to transform into a magnificent warrior much like his brother by way of a secret cave deep within the forested area of the village. Thus a Samoan proverb used to this day came about, *"Ua atoa tino o Va'atausili"* or *Va'atausili's body became complete,* to mean that once magically transformed, Va'atausili is whole and perfect. While a thin young man went into the forest, when he came out he was a massive yet handsome warrior, the splitting image of Vaea.

When Va'atausili reappeared, Apa'ula was shocked. "He looks just like my dear husband," she whispered to herself. She immediately wiped the embarrassment from her face and let her amazement show.

Va'atausili's voice and mannerisms reminded Apa'ula so much of her loving husband.

Va'atausili and Apa'ula wasted very little time and traveled to Fiji and put an end to Apa'ula's brothers who had betrayed her and killed her son. Va'atausili uprooted towering coconut trees and fashioned them into makeshift war clubs to destroy Apa'ula's brothers and Fijian warriors that fought with them. Va'atausili killed all except the Tuifiti. In the end, he escaped. However, Apa'ula's brothers were no match for Va'atausili's war clubs.

Va'atausili destroying Apa'ula's brothers

After the battle, Apa'ula and Va'atausili came back to Samoa. They first went to visit Vaea. They found him completely formed into a mountain, known today as *Mount Vaea*. Five streams had formed from Apa'ula's tears. Today they are called *Vailima*.

After paying respects to Vaea, Va'atausili invited Apa'ula to come with him to Savaii. Apa'ula thanked Va'atausili for the invitation, but she wanted to spend a few more days with her husband. Va'atausili agreed to stay with her, as Vaea had been his brother and his memory was important to him as well.

They spent time together on the mountain, and Apa'ula, now at peace, reflected on her life with Vaea next to the streams that had been created from her tears. She did not explain to Va'atausili that the streams had been formed from her tears. However, Va'atausili seemed to already know this.

In the end, Apa'ula left with Va'atausili for Savaii. It took some time for Apa'ula to get accustomed to her new surroundings: the new place and new people. It was not like Upolu where she and Vaea had lived somewhat isolated from the community. In Savaii, Va'atausili lived in a community of villages and everyone knew each other. Va'atausili tried his best not to overwhelm Apa'ula, but to share new experiences with her, a few things at a time. He took Apa'ula fishing, hunting and even occasionally to catch butterflies.

While she enjoyed the time with Va'atausili, Apa'ula very often went to a secluded place and shed a few tears thinking of Vaea and her son Tuisavalalo. "I do not know when I will be able to truly forget the two loves of my life," she thought to herself.

Apa'ula enjoying her garden and flock of birds

She soon understood that she was not being fair to Va'atausili who tried his best to show her some of the care and love that Vaea had promised her he would. "He will care and love you as much as I have," he had told Apa'ula.

Va'atausili returns to his former occupation, catching butterflies

Inevitably, Apa'ula grew to care for Va'atausili. They eventually started a family, and lived a peaceful and contented life for the rest of their days.

Mount Vaea stands majestically behind the capital of Apia, and is now the burial place of the world renowned writer Robert Louis Stevenson. On the famous writer's tombstone is inscribed:

Under the wide and starry sky,
Dig the grave and let me lie.
Glad did I live and gladly die,
and laid me down with a will.

This be the verse you'grave for me:
Here he lies where he long'd to be;
Home is the sailor, home from the sea,
And the hunter home from the hill

Robert Louis Stevenson built his home amongst the beautiful lush greenery surrounding the foot of Mount Vaea overlooking the Apia Harbor. His home is surrounded by five streams popularly known as Vailima representing tears of Apa'ula.

This story ends here, however the account of Vaea the Samoan giant and his true love will be remembered and retold throughout island history, long after we are gone.

Notes from the author:

Apa'ula rock platform:

This can be seen today in the village of Falealupo. Villagers mark the spot where Apa'ula sat as she cried after first meeting Va'atausili, and despaired and lost hope of ever avenging Vaea and Tuisavalalo's deaths.

BIRDLIFE found close to Apa'ula and Va'atausili's new home: Apa'ula liked to watch the many vibrant and colorful butterflies as well as the many species of birds, so much like the ones found in Upolu. They included the Samoan pigeon, the *manuma* (rainbow dove), the *manualii* (purple swamp hen) the *manumea* (tooth billed pigeon) and there were even wild bush chickens as well. These wild chickens were very colorful, small and swift. As she felt more settled and comfortable in her new home, she grew a flower garden around it.

NAMES that honor characters from the story:

On the island of Savaii, in the villages such as Falealupo, Tufutafoe, it is not uncommon to have people named Va'atausili, Tuisavalalo, Apa'ula, and Vaea. that they may actually be descendants of the renown Apa'ula and Va'atausili. In fact they must feel very proud to be a part of this famous legend popularly known throughout the history of Samoa.

TEARS OF APA'ULA
Loimata o Apa'ula

Se tala pu'upu'u e uiga i le Tusi

O le tala ia Vaea ma Apa'ula ua lauiloa i Samoa uma, o le tala e fa'amatala fa'afāgogo e mātua i fanau i taimi e sauni e mālōlō ai i le po. A māulu i ta'inamu ae viga tamaiti: "Se fai se tatou fāgogo." "Ua lelei ae sā le momoe ae ia mālosi le faa'auē." Tali a le matua tali mana'o o le fanau.

O le tala lenei e tupu mai le fia fa'aali o le mālosi ma le fitafita, le fia fa'atoilalo e le isi toa le isi toa. Mai totonu o le ma'ema'eā ma le lotoa, ae afifī ai i totonu le alofa fa'atasi ma le fia taui ma sui. E ala ona fia taui ma sui ona o le fia taui o le fa'alumaina ma fa'amāasiasi e sē tasi nisi e to'atele. E ala foi ona fia taui ma sui ona o se soifua o se tasi ua fa'amuta e sē tasi po'o nisi.

LOIMATA O APA 'ULA

Ua salalau le tala i le mālosi o le toa o Samoa e igoa ia Vaea, ua fa'alogo i ai le Tuifiti ona manatu lea e fia asiasi ma tau ma Vaea pe fa'apeī lona foi mālosi auā e le'i te'i ua avea o ia ma alii sili o Fiti ona o lona foi toa ma le mālosi e tau.

Ua sāuni se 'alia telē ma le saoasaoa ma malaga mai loa i Samoa. O le 'aumalaga o le Tuifiti ma ona atalii o Aloiva'afulu, Tauaputuputu, Aioufitunu ma Tauatigiulu. Sa le iloa lo latou tuafafine o Apa'ula o lo'o lafi mai ai i le pūoso o le va'a. Na taunu'u mai i Samoa ma taula i Apia. O le taumuli o le va'a na i gatai o le ogā'ele'ele ta'u o Sāfune Iatalata i Vaiusu, ae o le taumua na o'o i Mulinu'u. O se va'a matua'i telē lava.

E alu atu le lama a le tinā o Vaea ua tau le sao i tai ona o le telē tele o le 'alia o le Tuifiti. Ona alu lea o le lo'omatua ma fai atu: "Oi a 'ē nofonofo 'ea o loo i ai se va'a telē i le tāulaga, pei se va'a o nisi e fia fa'atupu fa'alavelave."

Sa alu atu loa Vaea ua si'i mai le va'a fa'atasi ma le 'auva'a ua 'ave ma sili i luga o le la'au māualuga. E leai ma se isi o le 'auva'a na iloa le mea ua tupu. Ua matuā momoe gase le Tuifiti ma lona 'auva'a.

Vaea o loo sili le vaa i le laau

Na alapō Aloiva'afulu ma fa'atonu Tauatigiulu e tatā le suāliu ma sāuni mo le taua ma Vaea. Ua te'i Tauatigiulu i le fa'alogo atu auē o se fa'alogona uiga 'ese! Ua le pa'ū i le sami ae e gogolo i lau o lā'au. Ua tete'i uma mai nei le Tuifiti ma lona 'auva'a i le mea ua tupu ua te'i mai ai ma Apa'ula. "O fea na e lafi ai?" o le 'ava'avau atu lea a le Tuifiti ia Apa'ula ae ua na o le mata salamō o si teine.

O le taimi o le fetu'una'i o leaga. "Ana e ala ma leoleo pei ona fa'atonu atu ai 'oe." o le 'ava'avau atu lea a Aloiva'afulu i si tama laititi. "Soia le pisa," o le taofi atu lea a le Tuifiti i lana fanau. "E leai se isi na faia le mea lenei ae o Vaea."

O le mea 'ese ua o'o i ai le Tuifiti ma lona 'auva'a, afai e feosofi i lalo e feoti, afai e mafuli le va'a e feoti foi. O le mea lea e ta'u; "*o le pu'e vaelua, po'o le pu'e fa'amanu i ōfaga.*"

O le taimi o le fēmēmēa'i o le Tuifiti ma lona 'auva'a ae o'o atu Vaea ma le leo pāū. "O fea a outou ō i ai, o outou 'ea e fia tau? Ua lelei o le asō e leai se isi e ola o outou uma."

"Fa'amolemole lau afioga Vaea, ua matou sesē le soli vale mai o ou laufanua, ae afai e te fa'aola i matou o le a matou toe foi nei lava i lo matou atunu'u."

Nai Fiti a feosofi e feoti a mafuli le vaa e feoti foi

"Oi! Ae o le a 'ea le mea na outou ō mai mamao ai lava. Afai tou te fia tau ua leva foi ona ou sāuni tatou te tau." Tigā le māualuga ma le māluelue o le va'a i luga o le la'au ae ua taumafai uma lava e to'otutuli ma fa'amatasalamō ia Vaea.

"Afai e te finagalo malie ma fa'aola i matou o le a avatu lo'u āfafine o Apa'ula e fai ma ou faletua." Ua te'i lava ua faletua si teine o Apa'ula e leai sana mea na fai. O le mea lea e ta'u, o le *mū o le lima tapa i le i'ofi.*

Ua tu'u fa'alelei nei i lalo le va'a, ma va'ai atu Vaea ia Apa'ula e lālelei i lana va'ai. Ua talia e Vaea le fa'atoesega a le Tuifiti ma fa'aavanoa loa e toe foi i lo latou atunu'u e āunoa ma se taua na faia. O le mea lea e ta'u, *"o le sisi'i o lima e le'i pa se fana."*

O le upu mulimuli a le Tuifiti i ā Apa'ula, "Afai e āfuafua sou ma'i, ona e tālosaga lea i lou alii e te ola atu i Fiti." Sa teu loto e Apa'ula le poloa'i a lona tamā.

E le o le alofa i le ulua'i feiloaiga *'love at first sighht'* ae o se māfutaga fa'afuase'i faia i taimi o puapuagā ma faigatā. Talofa ia Apa'ula ua foa'i fa'afuase'i ina ua leai se isi mea e lavea'i mai ai Tuifiti ma lona āiga mai le mata'utia o le toa o Samoa o Vaea. *'Mu le lima tapa i le i'ofi.'*

Apa'ula le togiola mo le Tuifiti ma lana fanau

Na alu lava si tamaita'i Fiti ma le fa'alologo ma le fefe. O ai a lē fefe i le va'ai atu i se toa māta'utia ma le mālosi ma fōliga sauā. Na manatu Apa'ula tau o se mea e lavea'i ai lona tamā ma ona tuagane, ae saili se auala e sola 'ese ai.

Na vave suia manatu fefe ma le fēmēmēa'i o Apa'ula ina ua ave e Vaea Apa'ula ma fa'aali i ai fōliga agamalū ma aga'alofa. Ua 'ese fōliga sauā na ia ulua'i va'aia ae ua va'aia fōliga tausa'afia ma le alofa o Vaea ia te ia. Ua salamō ai ma ua galo nimo le fia sola 'ese.

O le fale o Vaea sa i luga ae o le taulaga o Apia, sa nonofo ai foi i inā ma mātua o Vaea. Ua fiafia Vaea e fa'aali atu lona mālō i *lana mānamea*, i le mānaia o laufanua lanumeamata ae maise o le va'aiga o le taulaga o Apia.

"O le taulaga lea na tau ai le tou vaa ma lou tamā." e fai le tala a Vaea ma pei e 'ata.

"Malie Vaea, e ā pe'a sui se isi mataupu ta te talanoa ai." o le vave fai atu lea a Apa'ula.

"Oi ua galo ia te a'u o oe le isi sa i ai i luga o le vaa, ua lelei o le a ou lē toe ta'ua le mea na tupu i lou tamā ma lona 'auva'a."

"A lanulelei aso ma malū e iloa atu mauga o Savaii, le motu pito telē o le atu Samoa." fa'aauau pea le maimoaga i laufanua mātagofie o le taulaga o Apia.

Sa lilo i a Apa'ula e i ai se aso e o'o ai o ia i Savaii. O se mafutaga mānaia ma le māfana auā ua fa'atino le alofa naunau o le tasi i le isi. Ua lē gata ina māfana ae ua māfanafana tele le māfutaga a Vaea ma Apa'ula. ma ua alia'i le ma'i tagata o Apa'ula.

I le manatu o Apa'ula ua avea le māfanafana o lona alofa ia Vaea ua manatu ai e fia i ai se igoa e fa'aigoa ai lona alii.

"O le a se upu Samoa e fa'atusa i ai le mālosi ma le mata'utia o lenei toa ua la māfuta ma ōna uiga mafana ma le agamalū ua ia va'aia?"

"E ā le *la'au tuvanu?* mānaia le igoa lena e fetaui ma le mālosi ae tasi lava e leai ma se isi e fa'atusaina."

Ua manatu foi Vaea i se igoa e fa'aigoa ai Apa'ula ona filifili lea o *'la'u mānamea.'*

Măfana le fusi a le teine Fiti?

"Pe 'a ou ta'u 'ea iā *laau tuvanu* le poloa'i a lo'u tamā? Leai e sili ona fa'atali se'i toeiti'iti ona logo lea i ai le mea na poloai mai ai lo'u tamā ou te ola atu i Fiti."

E masani Vaea e tuli pua'a 'aivao auā o le vaomatua e si'osi'o ai le mea e nonofo ai ma Apa'ula e tele ai pua'a 'aivao.

O nisi aso e alu ai Vaea e seu lupe pe a fua le tele o la'au e 'a'ai ai lupe e i ai le moso'oi, o le āsi, o le maota ma le mālili ma isi lava la'au e fiafia lupe i o latou fua. E foi mai Vaea i lana seuga i le isi aso ua va'aia le sui o fōliga o Apa'ula.

"Aiseā ua e mata fa'anoanoa ai, e i ai se mea ua tupu, ua sesega lava ou fōliga *la'u mānamea*?"

"Ioe *la'au tuvanu* o le tolu lenei o 'ou masina." tali fiafia atu lea a Apa'ula.

Na fa'ate'ia Vaea i le tala a Apa'ula o le a maua sona atalii ma na umi se taimi e le tautala.

"Oka'oka e, se tala a mānaia *la'u mānamea* aiseā na e lē vave ta'u mai ai lenei tala fiafia?"

"La'u *la'au tutvanu* 'aua ete ita ae na ou lē fa'ailoa atu ia te oe ona e i ai le mea o lo'o māmafa i lo'u māfaufau."

"O le a le mea o lo'o e popole ai *la'u mānamea* so'o se mea e te mana'o ai ou te faia mo oe?"

"La'u *la'au tuvanu* 'aua e te ita ae na poloai mai lo'u tamā a ou ma'itaga ia ou ola atu i Fiti ona e fia va'ai i sa'u ulua'i fanau."

"Oi! O le manatu o lou tamā e leai ni fa'atosaga i inei i Samoa? e mafai lava ona e fanau i inei ona lua ō ai lea ma lau tama e asiasi i lou tamā."

O le fa'atoā vaai lea o Apa'ula i fōliga sauā o Vaea talu ona la nonofo. E le'i toe tali Apa'ula ae ua fa'agalo ai le mataupu i lea aso e ui ina mamafa pea ia Apa'ula le poloa'i a lona tamā.

"*La'au tuvavu* ua ou iloa ua e le fiafia ae o le ala foi lea na ou le vave fa'ailoa atu ai, ae ia malie lou loto ae fa'agalo ai fa'apea ae ta talanoa poo le a se igoa o lou atalii."

"O le a lava le igoa e fa'aigoa ai o se igoa e fetaui ma le toa ma le mālosi o le toa o Samoa." tali atu lea a Vaea ma lona fiafia ua toe maua se la taimi e talanoa ai aga'i i lona atalii.

"E moni 'oe e mālosi, toa, toe 'aulelei e pei lava o lona tamā," fa'aopoopo atu lea a Apa'ula.

"Oka ou te va'al atu i le femo'e a'i o lo'u atalii i nei mauga ma tuli manu aivao, seu lupe ma le tele o ta'aloga e a'oa'o i ai."

Ua lē mafai e Vaea ona nātia lona fiafia o le a maua sona atalii.

"Ua tutusa lelei ta'ua, o a'u foi e tau le mafai ona tāofiofi lo'u fia 'e'e i lugā mai i lena tolu masina."

E le'i uma atu le tala a Apa'ula ae tu i luga Vaea ma fa'atai ō ma alu le tiūsusū. "O le a maua lo'u atalii, o le a maua so'u atalii, tiūsusū!"

"Fa'apefea ona e iloa o se atalii ae le se afafine?" fesili atu lea a Apa'ula.

"O le tama, talitonu mai 'oe o le pepe lena ia te 'oe o le tama moni moni lava."

"E lelei pe "a moni lou manatu." fa'aopo'opo atu lea a Apa'ula.

O le mataupu o le alu i Fiti e le'i toe talanoa ina i se taimi umi ae le'i galo ia Apa'ula le poloa'i a lona tamā.

E le'i galo ia Apa'ula ona sa a'oa'oina o ia i le mātaupu o le usita'i i mātua, o lea na ia iloa ua leva ona ta'atia le mātaupu ma ua fetaui le taimi ona fai atu lea.

"*Laau tuvanu* o 'e manatua le talosaga a lo'u tamā? e a pe a toe liuliu lou mafaufau ma tu'u mai ou te alu o'u toe vave mai ai?"

"Oi! le mātaupu faigatā foi lea ua e toe tālosaga mai ai, e lē o se mea faigofie e pei ona e fa'apea e te alu toe vave mai ai."

"O le a tausi lelei ma'ua ma le tama e lo'u aiga, a malosi loa le tama ma vave mai loa," toe tatao atu lea a Apa'ula.

Sa umi se taimi e le'i tali Vaea ae sa va'aia le popole ma ātu o lona loto.

"A tu'u atu nei e lē iloa se mea e tupu i le sami ae lē iloa foi i tagata o le atunu'u pe fa'apefea?"

Ina ua liliu mai Vaea ma va'ai sa'o i fōliga o lona faletua ma fa'apea atu: "*La'u mānamea* e Apa'ula e ui lava ina o'ona ma faigatā le mea ua e mana'o ai ae o le a tu'u atu e te alu a ia e folafola mai o le a e vave mai. ma aumai fa'alelei lo'u atalii ia te a'u."

"Ioe ou te folafola atu e lē umi lava ni aso ae ma foi mai ma lou atalii ia te oe." o upu ia o le folafolaga a Apa'ula ia Vaea.

"Oh! T*hank you very much laau tuvanu* and I love you very, very much."

O le fa'ato'ā fa'alogo lava lea e Vaea ua nanu lona to'a lua, ai ona o le fiafia ua talia lona mana'o poo le mana'o o lona tamā.

"E te va'ai i ai e lē umi lava ae ma foi mai ma lou atalii po'o lou afafine." matuā fiafia tele Apa'ula i lea taimi.

"O ai na fai mai o le afafine, o le atali'i, e te va'ai i ai o se tama mālosi pei lava o lona tamā."

"Ioe mālosi pei o le tamā, ae atamai pei o lona tinā!" ona tōtōē ai lava lea ma ta'afifili ai lava i lumafale o le la fale, ae galo ai le fuifui lupe o le seuga a Vaea.

"Oi! *la'u mānamea* o la'u seuga lea e 'ese le 'aina o la'au o le vaomatua o le āsi, o le moso'oi ma le maota. Ua pepeti lava nai manu ua seugofie auā ua atoa le masina e maua ai lupeoatoa, ma lupeopupula, ae fa'atalitali foi toeiti'iti o'o i le taimi o lupeofanoloa, ma lupeomaunu."

"Masalo e moni a 'oe *laau tuvanu* ou te lē mālamalama i lena gagana, pau le mea ua maua lupe mo le afiafi."

"O le mea lea ua laki ai a'u." "Aiseā?" "Ua 'ou laki ona o le tele o ou faiva, o le sami, ma le vao, e lē mativa lo ta aiga i se mea."

"Se 'aua e te taufa'ase'e, ae alu ia e fai se ta mea'ai manaia ae fai ni lupe se tolu ae tau ina fa'avela isi lupe mo se isi aso."

"E fa'apefea 'ea foi ona kuka lupe a Samoa?"

"Tago e kuka fa'a Fiti."

"*Laau tuvanu* e toatele o'u tuagane ma ou te lē faia lava se mea'ai a lo matou 'āiga."

"O le fa'atoā tupu lava lea o le malapagā a fa'apefea nei, o le faiva o tinā Samoa e faia kuka i le umukuka ae o tamāloloa o kuka i le umu poo le tunoa. O le a fa'apefea nei pe afai e te le'i faia se kuka?"

"Fa'amalie atu *laau tuvanu* ae tago e a'oa'o a'u, e vave lava ona ou iloa kuka pe a lelei le faia'oga."

"Ia ua lelei, vaai 'oe o lenā ua uma ona futi ma fa'amamā, na ona fa'apuna lava o le vai, lafo atoa i ai, fa'amasima ma se aniani, ae va'ai ne'i pala."

E fai nei mea uma ae ua lagona le fiafia o Apa'ula ua talia lona mana'o poo le mana'o o lona tamā. Na uma loa le mea'ai tapena loa ma le ato laufala a Apa'ula ave uma i ai lavalava e fa'asāuni mo lana tama.

O aso anamua sa feso'ota'i tagata i uālesi fa'ataulāitu, po'o uālesi sa ta'u o uālesi moso'oi. A'o le'i ioe Vaea i le olega a Apa'ula ae ua leva ona iloa e le Tuifiti le aso e tatau ai ona sau lona va'a e avatu lona afafine.

E fiafia Apa'ula ae fa'anoanoa Vaea ona o le a motusia le mafutaga ma Apa'ula ae maise lava o lea o le a maua sona atali'i. E le'i mae'a ona teu le ato a Apa'ula ae maua tala ua taunuu le 'Alia o le Tuifiti o loo o mai ai ona tuagane o Aloiva'afulu, o Tauaputuputu, o Aioufitunu, ma le tama laitiiti o Tauatigiulu.

Ua tapena le malaga ae mamafa lava i le loto o Vaea le la tete'aga ma Apa'ula o lea na fai loa lana māvaega i *lana mānamea* e faapea:

"Sau ia ina alu ae ou tali atu, afai ou te va'ai atu e fati sisina peau ala, ona ou iloa lea o loo momoli mai ou alofa'aga, ae a toto peau ala, o a'u ou te tali i ou puapuaga."

E tāua māvaega i le aganu'u a Samoa: O māvaega a matua i fanau, poo aiga i toe taimi o le soifuaga o matua, o māvaega a se tupu i itumālō i mea e mulimulita'i ai, māvaega a ni alii tetele, poo le alii i le tamaita'i. E talitonu Samoa o māvaega nei afai e lē tausia e i ai ona tua pata tua

Vaea ia Apa'ula: manatua mai Afi'a i si ona Vao toe vave mai

Ua fa'ae'e le va'a i le mea e ta'u o Savalalo, e alu le va'a ae tūtū ma tālotālo atu Vaea ma fa'atōfā i lana manamea. O lana toe upu ia Apa'ula:

"A fanau lo'u atali'i ia fa'aigoa ia Tuisavalalo e fa'amanatu ai le lauele'ele lenei ua ta fa'amavae ai."

O le upu mulimuli a Vaea i le auva'a: "Ia tautuanā ma outou Apa'ula, o le a ou tū ma va'ava'ai atu 'aua ne'i i ai se mea e tupu, ia outou fa'aete'ete pe a tāua ia te outou lo outou ola."

Masalo o le fia fa'aaliali lava o le mālosi o Vaea, ae galo ai o Apa'ula o lo latou tuafafine.

Ua mamao le va'a ae le'i te'a 'ese mata o Vaea ma lana tālotālo fa'atōfā. E lilo atu lava le va'a i lana va'ai ae na o le tutū lava ma talotalo. Pe ana i ai nisi sa fa'ae'e va'a e lē ma iloa pe na maligi ni loimata o si toeaina.

O fea na fanau ai Apa'ula poo luga o le sami a'o alu le malaga poo Fiti? O le toatele e manatu na fanau lava Apa'ula i Fiti ma sa tausi e ni i'a fea'i (wild fishes) le tama. Sa ia fa'aigoa ia Tuisavalalo e tusa ma le poloa'i a lona tamā o Vaea ma o le sami ma le matāfaga na ola a'e ai Tuisavalalo.

E moni lava Vaea o lona atali'i e mālosi e lē fefe i se tagata. O uiga uma nā sa fa'aali e Tuisavalalo, e fefefe uma ai tamaiti o Fiti, ae mālō foi i le tele o ā latou ta'aloga.

O uiga ia o Tuisavalalo na lē fiafia ai tuagane o Apa'ula ae maise ona e oo lava i a latou fanau sa tele ina tafasi e Tuisavalalo. Sa tupu le lē fiafia o tuagane o Apa'ula i le va'ava'ai atu i le tuputupu a'e o le tama e pei lava ua va'ai ia Vaea. Ona tupu lea o le latou matāu'a, ma taupulepule loa e sili ona aumai Tuisavalalo e fono ai lo latou 'ava.

Ua i'u le talanoaga a le Tuifiti ma lana fanau, o Aloiva'afulu e alu e fai ia Apa'ula e aumai Tuisavalalo e fono ai le 'ava a le 'āiga potopoto. Ua tagi auēuē Apa'ula ma fai atu: "Aiseā ua outou āgaleaga mai ai fa'apea ia te a'u, o Tuisavalalo lava o a'u lea o lō outou tino ma a'ano."

O le ma'i o le matāu'a a maua ai le tagata e faigatā ona galo se'i vāgānā ua fa'ataunu'u. O le ma'i lenā na maua ai le Tuifiti ma tuagane o Apa'ula. Ua tupu le matāu'a ma le fia taui ma sui ona o le fa'alumaina, fa'amāasiasi i le mea na sili ai lo latou va'a i luga o la'au e Vaea.

Ua leai se mea e mafai e Apa'ula ae ua na o le tagi lotulotu ma ua ia mautinoa nei i lona loto o le mafua'aga tonu lea na mana'o ai lona tamā ia sau e ola mai i Fiti.

O le taimi lea o fai fa'ase'ega a Tuisavalalo ma mumua poo *dolphins*. Ona tagi lava lea o Apa'ula ma alu i le matāfaga ma tauvala'au ia Tuisavalalo e fa'apea:

Tuisavalalo e, ina e galu tuua
Ma le galu, ua le fatia
Afai ae fati mai se galu, ae fati sisina
Ta masalo ua e alofaina
Ae afai e fati mai se galu, 'ae fati toto
Ta masalo ifo ua e malolo

E pei e fa'apea le tagi a Apa'ula i lana tama: "Tuisavalalo e, tu'u ia lau fa'ase'ega i galu lē fafati ae fa'ase'e i galu e fafati, a fati mai se galu ae fati sisina ona ou iloa lea ua e sao, ua e manuia, ae a fati toto talofa ua ou iloa ua uma lou ola."

Ona fatitoto ai lea o le galu ona see ifo lea o le tama. ona fai atu lea o Apa'ula:

"Na sau le feau e avatu oe e fono ai le 'ava."

O le tagi lenei a le tama:

Oi! Le masina e o fe'etetele
Suluia ane ai Vaitele
Taufa'apu'e ma le Magele
O vaiafe'ai ma Mutiatele
Apa'ula ma outou i sele
Ae ola ita si tagata ese

Ua fa'asolo manatu o Tuisavalalo i laufanua i Samoa ma tagi ai fa'apea: "Auē le masina e o fe'etetele se'i susulu ma sulugia ai lo'u nuu o Vaitele, o Taufa'apu'e ma Magele o vai o i'a fea'i i Mutiatele, a o oe lo'u tinā e Apa'ula ma ou tuagane fia selesele tagata ia fai ma se alofa ae ola ita le tagata 'ese."

Na o'o mai loa Tuisavalalo i le āpitāgalu tago atu loa Apa'ula ma u'u lima mai ma sosola i le isi itu o le motu. Sa tuliloa e tagata ma auauna a le Tuifiti ae na maua se ana ma lalafi ai. Sa ta'u e nisi o le nu'u ma pu'e ai Tuisavalalo ae fa'a falepuipui ai Apa'ula ma le fitafita e leoleo ai.

Ua o uma fitafita i le taua i le isi itu o le motu ma alu ai ma le leoleo o le ana ona sola ai lea o Apa'ula e su'e lana tama ae talofa e maua atu ua na o le tino o Tuisavalalo o āfīfī i siapo ae ua leai nisi ua ō uma i le taua o lo'o fai i le isi itu o le motu.

Na taumafai Apa'ula e fai se togafiti e toe ola ai Tuisavalalo ae ua siliga, ona toe āfīfī lea ma sosola mai i Samoa i le isi 'alia o le Tuifiti.

Ua salamō Apa'ula i le mea ua tupu ua manatu ua fa'alata o ia e lona tamā ma lona 'āiga atoa. "Ana 'ou iite i se mea o le a tupu i si 'au tama semanū ou te lē sau. Se'i i ai foi se aitu na te ta'u mai ia lenei mala ua tupu ia ta'ita. Pau le mea o le vave foi nei i Samoa."

Masalo sa leai se manatu o Apa'ula o le a i ai se mea e tupu fa'apea, sa leai fo'i ni māsalosaloga e fua i le nofo umi i Fiti ae galo lana folafolaga na fai ia Vaea.

O galu na fafati toto i Fiti ona o Tuisavalalo ina ua manu'a i lima o tuagane o lona tinā, ua leva ona fafati fa'aselau i Samoa a'o fa'atalitali lona tamā o Vaea e tusa o le upu a Apa'ula; "Ma te vave foi mai lava ma le tama."

Talu ona malaga o Apa'ula i luga o le 'alia ma ona tuagane sa lē mafai ona fīlemū le loto o Vaea. Masalo na malaga lava Apa'ula ma ave ai ma le agaga o Vaea i luga o le va'a. Ana iai nisi e molimau e lē taumate na moe ai lava Vaea i Savalalo i le mea na tu ai ma tālo lona lima ma faatōfā ia Apa'ula.

Mai i lenā aso ua lē manogi se mea'ai ia Vaea, ua leai se fiafia ua na o le nofonofo ma fa'asolo māfaufauga. Masalo foi sa ūsu ūsu lana pese fa'apea:

"Fia va'ai atu e ua e sau o fa'ase'ese'e mai i peau ou te fa'atali atu ou te fa'atali se'i e sau. E mamao lou nu'u ma lou āiga la'u pele 'aua ne'i fa'agalo ita ou te moe i le po ou te moe miti i ou fōliga."

Pe na fa'afia foi ona usu e Vaea o lenei pese ma mafaufau ia Apa'ula ma lona atali'i o Tuisavalalo.

Ae o fa'ase'ega foi a Tuisavalalo se'i se'e mai ia i Mulinuu poo Savalalo le mea na tutū atu ai lona tamā ma tālotālo atu ia i la'ua ma lona tinā.

Masalo o le nofonofo fa'atalitali a Vaea ua fiu e tilotilo i la'au, manu ma meaola ese'ese, e le taumate foi le foi fa'afia i Savalalo, tū i le mea na tālotālo ai ia Apa'ula a'o mou mālie atu le va'a, ma mo'omo'o se'i va'ai atu 'ea ua toe momoli mai e le va'a lava lea Apa'ula ma lona atali'i o Tuisavalalo.

A fuafua atu i le matua ua i ai Tuisavalalo i le amio ulavale amio faamisa ma ana fa'aseega i le sami, ua aliali mai ai le umi tele o le taimi sa i ai Apa'ula ma Tuisavalalo i Fiti.

E lē tio foi se isi i le tulaga na o'o i ai Vaea, ua fa'atali fa'atali ma tu'u fesili ifo lava ia te ia. Pe na goto le va'a, pe ua tupu ai se fa'alavelave, pe ua vavao foi e lona tamā? O māfaufauga ia e tupu ifo i le loto o le tagata e fiu i fa'atali ise tala, ae pāga ua leai lava se tala.

Fai mai le muāgagana fa'aperetania: "*No news is good news.*" ae o le manatu o Vaea "*No news is a terrible news.*" O le leai o se tala o se mea sili ona leaga.

Ae pagā lea ua siliga tali i seu le fa'atali a si toeaina, ua oso a'e lava le vaivai, ua amata ona liu ma'a, ma liu palapala ua amata mai i vae ua tutupu foi le fue ma la'au ua sili ia Vaea le oti i lō le fa'atali ae leai se tali.

A'o fa'asolo māfaufauga o Vaea ae te'i lava ua va'ai atu Vaea ua sau Apa'ula. Masalo o le taimi lea ua fia momo'e atu Vaea ma fa'afeiloa'i lona to'alua ae pagā ua lē mafai. Ua liu mauga na o lona ulu o loo mafai ona tautala mai. Pau si ana upu na mafai atu:

"Talofa *la'u manamea* ua e sau ua *tatua,* aiseā ua e tuai mai ai?"

"Talofa e *la'au tuvanu* aiseā ua e fa'apea ai? ia ē alofa fa'amolemole fa'amagalo lo'u tuai mai. O Tuisavalalo lenet ua maliu fasia e lo'u āiga ma 'ou tuagane, e lē se manu'a mai fafo ae o le manu'a mai fale. Sa lilo se galu e fati toto poo se galu e 'o'olo. O lea ua ou sau ai e te malie ia fasi le fili ma fa'atoilalo popo."

Na ta'u loa le igoa o Tuisavalalo amata loa ona tafetafe ifo loimata o Vaea, talofa isi toeaina.

"O lou atalii lea o le a oulua tāo'oto fa'atasi i inei i lo tatou aiga." fai tagi atu lava le tala a Apa'ula.

E tele ao ma po o tagi pea Apa'ula ma nofonofo i tau'au o Vaea ma talatalanoa ma ta'u ia Vaea le mea na o'o i lona atali'i.

"O se tama mālosi, lē fefe, fa'amisa, loto toa e pei o lona tamā, poto e fa'ase'e faauō ma i'a fea'i."

Talofa ia Apa'ula tagi fua vi ae ua le vaa o Eneli

Ua tau matū loimata o Apa'ula, ua sūsua foi vaitafe e lima i 'auvae mauga o Vaea i ona loimata, ona fa'apea atu lea o Vaea:

"Sau ia *la'u manamea* ua leai se mea e mafai ona ou fesoasoani atu ai i o ta mafatiaga. Ae lelei ona e alu i Savaii i le nuu o Falealupo, e te maua i ai Va'atausili lo'u uso, o le a fesoasoani o ia e fa'aumatia o'u fili poo o ta fili, o le a alofa foi o ia ma tausi ia te oe e pei ona 'ou alofa ia te oe".

"O le a ou tu atu i tua o le taulaga o Apia, afai e te tepa mai i luga e te iloa mai ou tumutumu mauga, e mafai foi ona e iloa mai i aso māninoa pe 'a e tilotilo mai i Salafai,

E ui ina faigatā toe tete'a ma Vaea ae ua usita'i Apa'ula ma malaga loa i Savaii e saili le uso laititi o Vaea. O le tagata sa feiloa'i muamua i ai Apa'ula o se tama pa'e'e o fealua'i i le matāfaga ma seuseu pepe.

Apa'ula poo fea Va'atausili

"Se fa'amolemole lava pe e te silafia le mea e maua i ai Va'atausili?" Tali le tama. "O'au lenei o Va'atausili."

Sa nofo ifo loa i lalo Apa'ula ma tagi "E fa'apefea e lenei tagata ona tali lo'u mana'o?"

"Fa'atali atu ae o le a ou alu ona ou toe sau ai lea ma aumai le tagata lea e te sailia." fai atu lea a Va'atausili.

E fai lava le tala a Va'atausili ma savali i le togāvao i le mea o i ai lona ana. O le ana lea e moe ai le tama ma tupu ai lona tino. E mafua ai le muāgagana "*ua atoa tino o le tama.*"

E foi mai Va'atausili ia Apa'ula ua atoa lona tino ma e va'ai atu Apa'ula ua pei lava ua tula'i i ona luma lana *laau tuvanu*. Ua vave tu i luga ma tau soloi loimata ma 'ata'ata.

Ua fiafia Apa'ula ma ua amata ona fa'amatala ia Va'atausili le mea ua tupu i lona uso ma lona atali'i o Tuisavalalo.

"Ua leva ona ou iloaina le mea ua tupu i lo'u uso ma lau tama, ma ua leva ona ou fa'atali atu po'o le a le aso e te sau ai."

"Oi o lenā lava la ua leva ona e iloaina a'u ma lo'u sau ae ua e tu'u lava a'u ou te tagi fa'valevalea analeilā?" Na ona 'ata'ata lava o Va'atausili ae leai sana tali.

"O le mea e tatau ona fai o le ta tu'uva'a loa i Fiti." o le fai atu lea a Va'atausili ia Apa'ula.

Pe na felelei pe na feausi e lē ma iloa lea tulaga auā o tagata i na aso sa itulua e aitu toe tagata. Pei foi ona feausi mai o fafine e to'alua mai Fiti ma le la atoāu e ta ai tatau.

Na tago atu loa Va'atausili se'i le niu ma ave e fasi ai tuagane o Apa'ula. Sa leai se manatu o tuagane o Apa'ula o le a i ai se mea e tupu ia i latou talu lo latou fasiotia o Tuisavalalo. Ua leai foi so latou e vavalo i le uālesi moso'oi e o'o foi i le Tuifiti, ae ai o le mea lea e ta'u "*o le po'ia faamanu i ōfaga.*"

O Apa'ula foi ua leai, leai sona alofa i ona tuagane, na uma lava i le oti o lana tama se toe ta'u i latou o sona āiga ae o fili, o fili lē alolofa i le tagi tagi atu a lo latou tuafafine e to'atasi.

Va'atausili o lo'o taui le mata i le mata nifo i le nifo

Na fa'aumatia uma e Va'atausili tuagane e to'afa o Apa'ula ma isi tagata Fiti ae na o le Tuifiti na sao ina ua sola 'ese. E leai se isi na fa'ataute'e i le malosi o Va'atausili. Ua taui le leaga i le leaga, o le mata i le mata o le nifo i le nifo.

Sa muamua ona asiasi Apa'ula ma Va'atausili ia Vaea ina ua foi mai Fiti, ae tālofa ua na o le mauga ae ua lilo fōliga o Vaea ae o vai e lima o lo'o tafetafe ai pea i le 'auvae mauga o vai ua fa'aigoa o Loimata o Apa'ula.

Ua la tutū i luga o Vaea ma va'ava'ai atu i atumauga o Savaii ma manatua ai e Apa'ula le māvaega a Vaea ia te ia.

"O le a ou tu atu i tua o le taulaga o Apia. Afai e te tepa mai i luga e te iloa mai ou tumutumu mauga, e mafai foi ona e iloa mai i aso maninoa pe a e tilotilo mai i Salafai, o le a avea foi ou loimata e fa'asūsū ai o'u 'auvae mauga e fa'amanatu ai pea lou alofa i letā māfutaga."

E le'i umi se taimi na nonofo ai i le mauga o Vaea ae fa'apea atu Va'atausili.

"E lelei ona ta o i Savaii e fa'ate'a mālie ai lou mānatunatu ia Vaea ma lau tama."

"Fa'afetai ae sili ona ou nofonofo tēisi iinei ona maua ai lea o se tonu i le mea o le a aga'i i ai lo'u lumana'i." tali atu lea a Apa'ula.

"O le tonu sa'o la o lo'u nofo foi ma a'u manatua foi o Vaea o lo'u uso," ole tuliloa atu lea a Va'atausili.

Ona asiasi solo lava lea o Apa'ula ma Va'atausili i 'auvae mauga o Vaea ma matamata i vai e lima poo loimata o Apa'ula. Sa le'i ta'u e Apa'ula o ona loimata ia vai ae ua uma ona iloa e Va'atausili.

Na asiasi i le mea na i ai lo la fale ma Vaea ae ua le iloa se tulaga fale ae ua avea ma se vāega o le mauga. A'o f'a'asolo pea mafaufauga o Apa'ula ia Vaea ma Tuisavalalo sa manatu e sili ona talia le mana'o o Va'atausili la te ō i Savaii.

O se taimi faigatā tele ia Apa'ula le fa'amasani i se isi ōlaga fou poo se ōlaga toe amata. E lelei Upolu sa na o la'ua ma mātua o Vaea, e leai foi ni tagata se toatele e latalata i le latou āiga, ae o Savaii o le lalolagi o tagata ma nu'u tuā'oi. O tala foi o mea na tutupu e vave ona salalau i le ualesi moso'oi. E lē taumate le fēmusua'i o fafine ma tamaiti poo ai sia tama'ita'i e fai lava sina 'ese o ōna fōliga ma lana gagana.

I so'o se māfutaga lau amata sa lē faigofie ia Apa'ula ona fa'ate'a atu lona mafaufau ia Vaea ae maise foi o lana tama o Tuisavalalo. Ua taumafai foi Va'atausili e fa'afiafia Apa'ula i le ave e fa'afolaulau ma fagota i le sami. O nisi foi taimi ua sāvalivali i le mātagofie o le vaomatua. O nisi foi taimi e toe foi ai Va'atausili e seu pepe ma fa'aali i a Apa'ula le tele o pepe felanulanua'i i le la nofoaga.

Toe amata se aiga fou ae le galo ananafi

Ua amata ona fiafia o Apa'ula i lona āiga fou ma tau fa'agalogalo ai lona manatu ia Vaea ma lana tama o Tuisavalalo. Ua ia to'aga foi e totō fugāla'au felanulanua'i, fafaga a la moa fa'apei lava o le tamaita'i Samoa. Ua ia taumafai foi e fa'afiafia ia Va'atausili ma ave i ai lona alofa e pei ona faia ia Vaea ma manatua ai lana upu. "O le a alofa foi o ia ia te oe".

I lea taimi umi na o mai ai lā'ua i Savaii, sa taumafai uma i lā'ua e 'alo'alo 'ese mai i ni manatu fa'aulugalii, ae peita'i ane o Va'atausili lava na mua'i ta'u tino le solo a le tāmāloa ma fai atu ia Apa'ula.

"O ta'ua o tagata ua mātutua e i ai o ta lagona fa'atagata soifua, ua oo ia te a'u le alofa ia te oe, e ui foi ina faigatā le tau fa'ate'a 'ese o le manatu i lo'u uso ma le mea ua tupu ae ou te lagona foi ātonu ua o'o ane ia te oe sina tama'i alofa ia te a'u."

E le galo si ana masani toe foi e seu pepe

E le'i iai se tali a Apa'ula ae na tupu foi ia Apa'ula le mānaia o le lā māfutaga ma Va'atausili, sa ia lagona le alofa o Va'atausili ia te ia ma ua fa'amaonia ai le upu a lona toalua o Vaea. "O le a alofa foi o ia ma tausi ia te oe e pei lava o a'u ia te oe."

Ona nonofo ai lea ma le fiafia i aso uma auā na gata ai lava i le māfutaga a i la'ua nei le lala ia Vaea ma Apa'ula. E lē taumate foi sa i ai se fanau to'atele o lo'o ainā ai nei nu'u e pei o Falealupo, Tufutafoe ma isi nu'u i lea itu o le motu tele o Salafai. O se mitamitga foi i soo se tasi o soifua mai e tau lona gafa i a Apa'ula ma Va'atausili.

O le mauga o Vaea o lo'o i ai le tu'ugamau o le Tusitala ta'uta'ua o Robert Louis Stevenson po'o Tusitala. O lona tu'ugamau o lo'o tusia ai upu nei:

Under the wide and starry sky,
Dig the grave and let me lie.
Glad did I live and gladly die,
And laid me down with a will.

This be the verse you grave for me:
Here he lies where he longs to be;
Home is the sailor, home from the sea,
And the hunter home from the hill

O lo'o i ai pea le fale o lenei Tusitala lauiloa i le lalolagi i 'auvae mauga o Vaea ma o lo'o tafetafe ai pea 'auvai e lima ua fa'aigoaina o Vailima po'o Loimata o Apa'ula.

E uma le tala ae le uma lona taua ona o mea na tutupu i ulua'i Samoa na nofoia nei motu.

ONA GATA AI LEA

Footnotes o le Tala

-O lo'o i ai le paepae ma'a ua fa'aigoa o le paepae o Apa'ula, ona o le paepae lenā na tagi ai ina ua vaai atu e fa'atauva'a tele foliga o Va'ataausili.

-O le igoa o Va'ataausili na mafua mai i le mea na sili ai e Vaea le va'a o le Tuifiti i luga o la'au. Sa tu'u fa'atasi e o la mātua *va'a* ua *tausili* i luga o la'au ona maua ai lea o Va'ataausili.

-O loo i ai foi le ana o Va'ataausili i tua ane o le vai e ta'u o le 'Lua Loto o Alii'.

-O nisi e mantu sa fanau i luga o le vasa Apa'ula ma lafoa'i e ona tuagane Tuisavalalo i le sami.

O nai fatuga a le Tusitala e aualofa ai i lenei tala

Pese a Vaea ia Apa'ula

Verse one

Ou nofonofo ma faatalitali pe sau afea la'u hani
Ua siliga se feau poo goto poo tafetafea i peau
Lē faalogo ise tala e vaivai ai le tino ma le agaga
Galu e fati toto Tuisavalalo ua oti ose alualutoto
Ose i'a se'i aumai Tuisavalalo se'i afisi ma sapai.

Verse two

Ose manu fea'i alofa mai 'ai ia mate lē faapogai
A toatasi gali ma palasi a toalua gali pu le patua
Le malosi ua alu atū tau pe ai le tino ma le fatū
Sa lilo le mea ua tupu talu lou fia foi i lou atunuu
Manū e lē tuu oe e alu sili lou tilo mai ou vaai atu

Verse three

Aue lou tama faitogafiti le tioa leaga o le Tuifiti
Ana leai lo'u alofa ia te oe ua leva ona faata'afili
Se manu e lulu le laau ae toulu taitasi ma gaugau
Sau ina e alu i Savaii saili lo'u uso o Va'atausili
O ia o le a taui atu e lē faafitu ae faafitu ni fitu

Tali

Faamoemoega e sa fai vavale
Ua taunuu nei i faalavelave
Sa lilo i manatu o se togafiti
E sili ai ona ta'u o Tuitogafiti

Pese a Apa'ula ia Vaea

Verse one

Momoe meamanu e le fati ae sau mala e ātia'i

Ē! se mea e leaga o le tiga toatasi leai sē lavea' i

Sa ou alu oute vave foi mai o lenei ua sau ua tuai

Lau upu na fai mai a peau sisina ou alofa'aga na

Ae a peau toto e lava au e lavea' i i ou puapuaga

Verse two

Vaea a faapefea nei o Tuisavalalo ua fetaui ma masei

E le se manu'a mai fafo o lo'u aiga lava ma 'ou tuagane

Fai mai o le toto e mafiafia, e galo na mea i le fia tauia

E ui ina pu'upu'u le mafutaga ae le galo oe i le agaga

Tuisavalalo Tuisavalalo e talofa ua leai se isi e suia oe

La'u tama ua le foi mai talofa 'au nei ua sau le vaivai

O le Tali

Tagi e le fatu ma le 'ele'ele Talofa ia oulua o 'au pele

Ou te tagi i le ao ma le po Maligi loimata ele malolo

Ou te pese ai ma fa'ailoa Loto momomo toe fa'anoanoa

Vaea o la'u laau tuvanu Ua liu mauga ua liu vanu

Tuisavalalo si 'au tama pele Ua foi lava i le eleele

Printed in the United States
By Bookmasters